D1730633

Herstellung: Manfred Neugebauer
Lithos: Photolitho AG, Gossau
Druck: Grafiche AZ, Verona

ISBN 3 7152 0295 5

OELCHEN

Roland Limacher

Ein Atlantis Kinderbuch im
Verlag Pro Juventute

In einer kleinen Stadt, in einem kleinen Zoo, in einem viel zu kleinen Käfig, lebte ein kleiner Löwe. Es war ein sehr artiger kleiner Löwe, und die Leute fürchteten sich nicht vor ihm. Wäre er nicht in einen Käfig eingesperrt gewesen, hätte er vielleicht Blumen gepflückt oder Purzelbäume geschlagen oder sonst irgend etwas Unlöwisches getan. Aber in einen richtigen Zoo gehört ein richtiger Löwe.
Das fand auf jeden Fall der Zoodirektor, der sehr gescheit und sehr dick und sehr ernst war.

WC
KASSE

Der Löwe hieß Leo, wie alle Löwen. Doch weil Leo so klein war, drehte der Löwenwärter Franz das Wort einfach um. Das hieß dann OEL. Daran konnte Franz gut ein «chen» hängen und so hieß Leo Oelchen.

Jeden Abend, wenn der Zoo geschlossen
wurde, öffnete Franz den Löwenkäfig und
nahm Oelchen nach draußen auf die Sitzbank
und erzählte ihm Geschichten von früher.
Das waren wahre Geschichten über Löwen:
vom grausamen Leo dem Ersten oder von
Leo dem Zweiten, bei dem die Leute immer
zwei Meter vor der Absperrung gestanden hatten.
Und von Leo dem Dritten, bei dem sich die Tauben
eine Woche lang nicht mehr in den Zoo trauten,
nachdem er gebrüllt hatte. Oelchen hörte zu
und staunte, wenn Franz auf allen Vieren durch
die Büsche kroch oder auf die Ruhebank
sprang, um ihm vorzumachen, wie
sich ein richtiger Löwe verhielt.
Eines Abends schlief Franz
bei der Geschichte von
Leo dem Zweiten ein…

ZOO

Oelchen wußte nicht, was er machen sollte mit dem schnarchenden Franz. Vorsichtig versuchte er ihn hochzuheben. Aber Franz war ziemlich schwer und Oelchen ziemlich klein und schwach. Und wohin hätte er ihn tragen sollen? In den Löwenwärterkäfig vielleicht? Verzweifelt blickte er um sich. Da war niemand, der ihm hätte helfen können. Nur der Bär im Käfig weiter hinten schnarchte noch ein bißchen lauter als Franz. Oelchen schubste und stupste Franz. Dann boxte er ihn und biß ihn in die Nase. Als das alles nichts half, legte er sich neben Franz auf die Bank und versuchte ebenfalls zu schlafen. Er probierte sämtliche Schlafstellungen aus. Doch er konnte nicht schlafen.
Also dachte er nach.
Und dann hörte er wieder das laute Schnarchen des Bären. Er beschloß, ihn zu wecken.

LöWEN

Der Bär war nicht begeistert, daß er aus dem Schlaf gerissen wurde. «Hmmmmm…», brummte er, «wenn ich schon wach bin, dann erzähl mir halt deinen verrückten Plan.» Und Oelchen erzählte, daß er den schlafenden Franz in dessen Käfig zurücktragen wollte. Der Bär lachte: «Wie soll ich Dir helfen, deinen Franz herumzuschleppen, wenn ich in diesen blöden Käfig eingesperrt bin, du dummer kleiner Löwe!» Oelchen kicherte und verschwand.
Der Bär wollte gerade weiterschlafen, als es an der Käfigtüre rasselte und Oelchen vor ihm stand.
«Wie kommst du hier herein, wie hast du das gemacht?» regte sich der Bär auf. Dann sah er die offene Käfigtür.
«Na, wenn du schon mal die Tür aufgemacht hast, werde ich dir auch helfen, deinen Wärter herumzutragen», sagte der Bär und schlurfte hinter Oelchen aus dem Käfig.

Der Bär hob Franz mit seinen mächtigen Pranken von der Bank und trottete davon. «He, wo willst du hin?» rief Oelchen. «Na, ich trag ihn herum. Das ist doch dein Plan, oder?» «Aber du mußt ihn in seinen Käfig tragen», sagte Oelchen. «So, und wo, bitte, ist sein Käfig?» fragte der Bär. Als er bemerkte, daß Oelchen keine Ahnung hatte, wollte er wieder losschimpfen. Aber er sah, daß Oelchen zu weinen anfing. «Oooch, Kleiner, hör doch mit dem Geheule auf, sonst fange ich auch noch an!» Dann trottete der Bär drauflos, und Oelchen gab sich Mühe, mit ihm Schritt zu halten. Sie marschierten zunächst ziellos umher.

Dann blieben sie vor dem Nilpferdbecken stehen und starrten gemeinsam in das trübe Wasser. «He, Dickwanst!» rief der Bär. Aber das Nilpferd tauchte an diesem Abend nicht aus dem Wasser auf.
Enttäuscht zogen sie weiter zum Käfig, wo der sibirische Wolf hauste. «He, psst, Wolf, he, Wolf», flüsterte der Bär und starrte in den dunklen Käfig: «Hörst du mich?» Plötzlich zuckte er zusammen. Dicht vor ihm, Nase an Nase, stand der Wolf. Keiner hatte ihn kommen hören. «Was ist los?» knurrte er, «nicht mal in der Nacht hat man seine Ruhe.»

«Ich will von dir nur wissen, wo der Käfig von Franz dem Löwenwärter ist», antwortete der Bär und zeigte dem Wolf den schlafenden Franz.
«Weiß ich doch nicht», gab der Wolf gereizt zurück, «schick ihn mir rüber, dann hast du deine Ruhe.» Und er leckte sich das Maul.
«Bah», erwiderte der Bär und kehrte dem Wolf den Rücken zu.
«Paß mal auf, Kleiner», sagte der Bär zu Oelchen, «nun gehen wir zu den Affen, die werden uns sagen, wo dein Franz wohnt.»
Langsam wurde Franz immer schwerer auf seinen Armen.

Die Affen waren sehr verwundert über den nächtlichen Besuch und fingen aufgeregt an zu turnen. Keiner hörte, was Oelchen und der Bär sie fragen wollten. So marschierten die beiden weiter, und überall geriet der Zoo in helle Aufregung. Keiner wußte, wo sich der Käfig von Franz befand.

«Was um alles in der Welt macht ihr mit Franz mitten in der Nacht?» fragte da eine freche Stimme dicht über ihnen. «Ach, halt den Schnabel», antwortete der Bär. «Nein ehrlich, sagt doch, warum ihr den Franz mitten in der Nacht herumträgt?» zwitscherte der Spatz und setzte sich Oelchen auf den Kopf. «Und warum weinst du, kleiner Löwe?»
Nun konnte sich Oelchen nicht mehr beherrschen. Schluchzend erzählte er die Geschichte von Franz und der Suche nach dessen Käfig. Da lachte der Spatz wie nicht recht gescheit. «Um Himmels willen, seid ihr blöd!» Er fiel von Oelchens Kopf auf den Kiesweg und gluckste…
… und hustete und wälzte sich vor Vergnügen am Boden.
Endlich stand der Spatz auf und meinte wichtig: «Kommt mit.»
Er flog voraus und Oelchen lief hinterher. «Wartet auf mich», knurrte der Bär und folgte den beiden bis zu einem Haus mit vielen Türen. Dort setzte sich der Spatz auf eine Türe: «Seht ihr, ich bin nicht so groß und stark wie ihr, aber schlauer ganz bestimmt.» Und er flog davon.

Als Oelchen und der Bär den Löwenwärterkäfig öffneten, erschraken sie gewaltig. In welch einem Durcheinander Franz leben mußte! Überall standen Kisten und unnützes Zeug herum. Und nirgends fanden sie eine Ecke mit Stroh, wo sie den armen Mann hätten hinlegen können. Oelchen und der Bär waren sich einig: Da mußte etwas geschehen! Sie legten Franz fürs erste auf den Boden, der mit harten farbigen Matten ausgelegt war, und machten sich an die Arbeit…

Als Franz am anderen Morgen erwachte, stand der Zoodirektor mit einem noch ernsteren Gesicht als sonst vor ihm. «Können Sie mir sagen, was das zu bedeuten hat. Ich bin nun schon bald fünfzig Jahre Direktor dieses Zoos, aber so etwas ist mir noch nie vorgekommen.» Er wurde ganz rot im Gesicht.

Nun – Franz wußte auch nicht, was es zu bedeuten hatte.
Er erhob sich aus dem Haufen Stroh und starrte die Wasserschale an, die säuberlich daneben stand. Und wie er seine Wohnung wieder herrichten sollte, das wußte er überhaupt nicht.

Briefe

Draußen lag alles zusammengekehrt
auf einem Haufen: Das Bett, der Tisch, die Vorhänge,
der Fernseher, die Teppiche, der Kleiderschrank, das Geschirr,
auch der Fußball, den Franz schon lange vermißt hatte…

BANANAS
KEN

Als er an diesem Tag zu Oelchens Käfig kam, fragte ihn ein kleines Mädchen: «Warum liegt denn der kleine Löwe so ruhig in seinem Käfig? Ist er krank?» Da kratzte sich der Löwenwärter Franz am Kopf und schloß schnell die Käfigtüre zu...! Das alles war mehr als merkwürdig, und er ließ Oelchen fürs erste schlafen.
Und was aus dem Bären wurde, na ja...
Seit diesem Tag jedenfalls blieb der Bärenkäfig leer.

Denn Bären sind ja auch nicht dumm.